AF234197

Les Animaux Joyeux

Scènes humoristiques
amusantes
par
Marie de
Bosguérard

PARIS
NOUVELLE LIBRAIRIE DE LA JEUNESSE

Les Animaux Joyeux

Scènes humoristiques
amusantes
par

Marie de Bosguérard

Paris
NOUVELLE LIBRAIRIE DE LA JEUNESSE
10, Rue de l'Abbaye 10
Tous droits réservés.

LA LANTERNE MAGIQUE.

ON prépare une fête magnifique au palais de plaisance du Docteur Rominagrobis; dans cette circonstance, le savant docteur des matous de tous les environs, dépouille sa gravité ordinaire, pour revêtir un personnage très important, mais jovial: c'est lui qui montrera la lanterne magique!

D'après ses études approfondies, sur le caractère de ses semblables, il a découvert que la gaîté les préserve d'un grand nombre de maladies; et, sans entrer dans mille exemples à l'appui de cette vérité, il prétend aussi guérir ceux qui sont atteints de maux chimériques, en leur donnant des distractions émouvantes.

Aucune scène ne peut passionner un auditoire de chats, (et j'entends: chats de société, et chats de gouttière) comme la vue des tableaux mouvants qui traversent un centre très éclairé.

— "À vos places — à vos places!" ... crie d'une voix aigre, la petite grisette qui est chargée de mettre l'ordre dans la salle. — "Au premier rang: le prince Chocolat et la princesse Bichette;" tous les deux, fort distingués, sont les clients du Dᵉ Rominagrobis qui lui causent le plus de soucis! La pièce commence!... trois souris se poursuivent dans le cercle magique. Les yeux des matous s'allument; l'émotion est à son comble; la salle est remplie de miaous formidables; seuls, les chats distingués qui vivent de chocolat et de biscuits, n'ont pas été émus. Ces distractions sont pour le peuple.

UN ARTISTE AMATEUR.

Un jour certain
lapin,
D'autres diront
"rapin",
Peintre de fantaisie,
Partit en Tunisie
Pour y peindre les champs,
C'était par un beau temps.

Ses toiles émouvantes
Aux plus vives couleurs
Eurent des spectateurs :
C'étaient "bêtes savantes".

LES PETITS OURSONS.

Pas si ours que l'on peut croire !
Regardez maître Martin
Il écrit . . . c'est fait notoire,
Tout en pérorant, le coquin !

INQUIÉTUDE MATERNELLE.

IL y avait autrefois
    Une poulette blanche
    Qui montait sous la planche
De sa maison de bois.

Tendre mère et vigilente,
    Elle disait à ses petits,
Car elle était fort prudente :
    Ne quittez jamais vos nids.

Or, l'un des siens, par aventure
    Se percha sur la maison,
Piaillant plus que de raison,
    Croyant trôner, je vous jure.

LE PANIER DE FRIANDISES.

Un grand panier vient d'arriver
   Chez maître Floc; citoyens de se dire :
      Venez!.... venez donc regarder!....
Tous les chats d'accourir. Un doux sourire
   Illumine leurs fronts.
      — Mes amis, vos ambitions
Sont au fond de toutes ces merveilles;
Léchez-vous le nez; dressez les oreilles;
      Car le maître pourrait venir,
      Et.....il vous ferait sentir.......

SPECTACLES D'ANIMAUX.

*L*A salle est comble de spectateurs, des chuchotements dans les coulisses, annoncent l'arrivée des acteurs. L'un, prépare la première scène; allume les lustres, et prend ses aises. L'autre répète son rôle dans un coin; un autre est en quête de son habillement; ici, une rixe s'engage, en sourdine, vite étouffée: chats et chiens s'étaient rencontrés!

Mais, chats et chiens se mettent d'accords. Allons, les trois coups: on commence! Et le rideau s'est levé.

Un grand silence dans la salle; on entend trotter les souris et les matous se font violence. Soudain la voix aigre d'une pie s'écrie: que le théâtre commence!"

Celui qui gardait tout ce monde, être fort paisible en son coin, ne s'émotionnait de rien, et dodelinant la tête, apaisait chacun; mais la fête ne se dessinait pas très bien.

Enfin, une oie majestueuse entre en scène. Elle allonge son long cou, et fait entendre une voix un peu rauque, mais qui ne manque point de charme.... pour les oies ses semblables; je pense que les autres n'y entendent pas grand chose. Cependant, on applaudit. Et soudain, par aventure, un œuf de Pâques tombe devant l'actrice désorientée, qui s'intimide, cela en vaut la peine.

QUE je voudrais savoir,
    Disait en son langage
    La bête au long cou noir
Au mimique visage,

Que je voudrais savoir
    Pourquoi chacun s'agite,
Et quel est donc l'espoir
    Qui fait que l'on s'acquitte.

De ceci, de cela,
Avec ardeur et flamme?
Enfin, quelle est donc l'âme
Qui souffle donc par là?...

LA CIGOGNE SAVANTE

VOUS êtes tous des ignorants!
    Les hommes, petits et grands!
    Et je vous le crie à la face:
Soyez heureux! grand bien vous fasse!

Cependant, ne touchez pas
A ma chère progéniture,
Car je vous le dis, je vous jure
Tremblez!... hommes n'approchez pas!

UN CONTE EFFRAYANT.

Un conte! un conte, grand'mère!
    Dirent tous les petits hibous;
  Je veux bien, dit la vieille mère,
Rangez-vous donc; écoutez tous.

    C'était au temps de ma jeunesse,
        Plus d'un hibou roulait pour moi
    Ses gros yeux verts, et sa tendresse
        Voulait briller dans un tournoi.

Un vrai tournoi, vous pouvez croire,
    Car ce fait est rare aujourd'hui,
Des chevaliers en salle noire
    S'apprêtaient à courir pour autrui.

    Soudain! un cri, cri de détresse
        Qui peint le plus mortel effroi;
    Je vis l'objet de ma tendresse
        Tomber tout sanglant devant moi.

Les hommes nous faisaient la guerre,
    Oui, dans ce temps comme à présent,
C'était une grande misère,
    On n'osait sortir diligent.

    Nos ennemis, à face rose,
        Les enfants de ces grands humains,
    Nous comptaient comme peu de chose
        Et nous massacraient en leurs mains.

LES ANIMAUX EN GUERRE.

MADAME Hibou, leste, coquette
    Était partie un gai matin,
        Pour aller fureter en conquête
Dans les nids d'un pommier voisin.

Soudain, sur sa tête, des pommes,
    En projectiles bien violents,
La chassent : Ce sont des hommes ?
    Non, mais des écureils méchants.

LE PANIER DE FRIANDISES.

UN grand panier vient d'arriver
    Chez maître Floc; citoyens de se dire:
    Venez! … venez donc regarder! …
Tous les chats d'accourir. Un doux sourire
    Illumine leurs fronts.
      — Mes amis, vos ambitions
Sont au fond de toutes ces merveilles;
Léchez-vous le nez; dressez les oreilles;
    Car le maître pourrait venir,
    Et …il vous ferait sentir . . . . .

MALIN COMME
UN SINGE.

*O*UI, oui, fais semblant de
                    dormir…
        Je veille moi, quand tu
                    sommeilles,
Et quand on viendra nous ouvrir
La porte, si tu te réveilles!…
Je mangerai tout à loisir.

LES GRENOUILLES
EN FÊTE.

*P*AR un beau jour de printemps,
        Trois grenouilles sur le rivage,
        Chantaient fort joyeusement,
Et dansaient même gentiment,
En se roulant sur leur herbage.
        Ho là! bateau!…
        Vous passez l'eau…
Prenez garde, ma chère,
Que la brise légère
Apporte votre voix
        Aux pêcheurs…
                quelquefois…

LA BALANÇOIRE.

AMUSONS-NOUS,
Petits hibous.
La vie est éphémère,
Comme l'a dit grand'-mère.

J'ai trop peur, dit l'un d'eux,
En roulant ses gros yeux,
De rencontrer un homme!
Non . . . il n'y a personne!

LA VOLEUSE PUNIE.

FRIQUETTE était la pilleuse des nids;
  Friquette avait la mauvaise habitude
  De voler tout, et sa froide attitude
Était cruelle envers tous ses petits.
  Dans cette circonstance,
  Elle risquait la chance
  Comme plus de cent fois,
  Sans trembler à la voix
  Des voisins en colère.
  Friquette avec mystère
    Se sauvait
    On piaillait...

Si bien qu'on l'attrappa,
Friquette résista.
    Mais à la violence
    Sans force, en silence,
    Il fallut bien
    N'opposer rien.

ENTRE VOISINS.

EH!.... eh!.... voisin!
  On est vite à l'ouvrage,
      Et le jardin
Avance; bon courage.

L'ENCRIER CONTENT.

DANSEZ maintenant, gentils enfants! voici le temps des vacances; je crois vous avoir rendu de grands services. Pour griffonner vos cahiers, vous puisiez sans cesse; et sans pitié, vous le vidiez, votre encrier; mais, la bouteille à l'encre, le remplissait presqu'en entier. À présent, vous jetez votre plume; vous éparpillez toutes les pages noircies, et vous faites des cocottes avec les blanches. Savez-vous bien, pourtant, que vous me retrouverez encore bientôt, et avec plaisir encore... oui, oui, vous ne le croyez pas.

— Avec plaisir.... dites-vous; il radote mon encrier; oui, oui, pour faire des pâtés. — Non, pour vous instruire.

— Ah! baste, j'ai bien le temps. — Mais le temps passe en vérité, et vous verrez, enfants, vous verrez que vous aimerez à puiser dans votre encrier: l'esprit, les bons mots, les heureuses inspirations.... — Ta, ta, ta.... dis donc, petite mère, j'ai envie de m'acheter avec mes économies, un bel encrier tout neuf.

— Celui-ci n'est-il plus bon? — Il m'ennuie, il a l'air de me faire des sermons... — Ingrate jeunesse... est-ce ainsi que vous récompensez tous les services que je vous ai rendus....

TURC est plus lourd que Minette ;
Il est pataud ; elle est coquette ;
Elle est drôlette en vérité.
C'est le dada qui l'a conté.

Mais qui donc a sauvé la vie
À la petite Marie
Qui, dans le lac du jardin
Serait morte un beau matin ?

Ce n'est pas le chat, c'est
le chien.
Oh ! cela, je le sais bien.

LES CAQUETS DE MES VOISINS.

J'AVAIS un jour pour voisinage
  Le plus ravissant ménage
    De petits pierrots ; tout le jour
Ils caquetaient chacun leur tour..

Dans mon jardin, prenant ses aises,
Pierrot venait manger mes fraises.
Et Pierrette avec ses petits
Chantait sans cesse hors de son nid.

Je les ai surpris sur l'herbette,
Ce qu'ils se disaient en cachette :
Ils parlaient de mon cerisier
Que j'avais coiffé d'un panier,
Croyant les faire fuir peut-être.
Ils ont mangé sur ma fenêtre !...

ODE D'UN OISEAU.

AH! Miss Hortense !   Est toute à vous
A vous je pensé,   A vos genoux
Ma préférence   Bien doux, bien doux.

Ma gentillesse
Veut la caresse
De ma maîtresse.

MADAME LA POULE
ET MADAME LA CANE.

MADAME la poule est venue
Jusqu'au bord du champ voisin
Et sitôt, Cane est apparue
Avec un petit air malin :
— Venez vous baigner, chère amie,
Le temps est beau pour la saison.
— Grand merci ; gardez, je vous prie
Le bain pour vous ; c'est de bon ton.

LE renard est rusé, tout le
            monde sait bien
Que, souvent il a fait, avec
            sa science
Beaucoup de mal à l'innocence.
Or, celui-ci, sans avoir l'air de rien,
Guettait un troupeau d'oies blanches,
            de bonnes mines;
Faisant le bon apôtre, il dit:
            chères voisines,
Venez, approchez-vous . . . encore
            un peu plus près.
Il disait à part lui: Pour les
            croquer après
Je ferai diligence,
Si l'oie est bête, on le pense;
Le renard au piège resta,
            Et tout le troupeau de lui
            se moqua.

UN BARBIER JOYEUX.

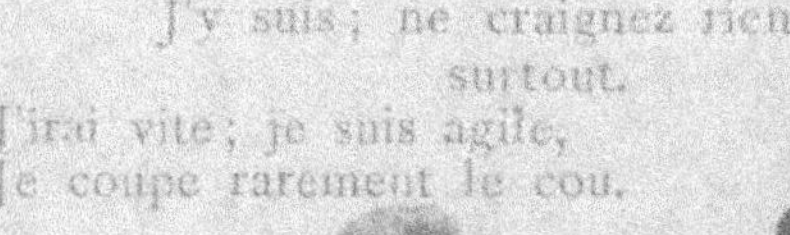

AH! . . bonjour. Tenez-vous
            tranquille;
J'y suis; ne craignez rien
            surtout.
J'irai vite; je suis agile,
Je coupe rarement le cou.

L'ABEILLE ET LES CANARDS.

L A gourmandise est un vilain défaut,
Petits canards chantent souvent très
faux;
Mais, pour barbotter à leur aise
Il n'est pas un qui ne plaise.
Vous riez d'eux en les voyant;
Ainsi fait l'abeille en passant.
— Ah! ah!.. je vous surprends à rire!
Aussitôt un canard de dire:
Allez bourdonner autre part.
Ou, je vous croque sans retard.

UN GRACIEUX TÊTE-À-TÊTE.

MON cher, parlez-moi du bon temps.
        Eh!... mon ami, voici longtemps
        Qu'on n'est plus jeune, et qu'on digère;
On ne fait plus trop bonne chère;
On devient lourd; il faut du thé.
Que voulez-vous ... en vérité
Cette boisson n'est pas mauvaise.
Mais oui, prenez en à votre aise.
On dit que le thé fait mourir.
Bast!... mon cher, il faut bien finir.

LA VISITE DU JOUR DE L'AN.

CHEZ nos grands parents, chaque
année
Il faut aller : "ah !... bonne
année !..."
Grand-mère a toujours l'air joyeux,
Et grand-père paraît fort heureux.
Dans son fauteuil, encor coquette
L'aïeule est là, droite et drôlette.
Bon papa dit : Bonjour, enfants,
Ce n'est pas toujours jour de l'an.
Faut s'amuser....
Faut bien danser.

LE CAPITAINE BONTEMPS.

Il est là, le vieux Capitaine,
    A son poste sur l'Africaine ;
Il a roulé sur bien des mers,
Passant par des pays divers.
Sa peau se durcit sous le vent,
Le froid, le soleil, et souvent
Il a vu la mort ; la tempête
A brisé son grand mât sur sa tête.
Il s'est sauvé sur un radeau ;
Il est resté trois jours sur l'eau,
Sans manger, ni dormir, l'œil en flamme
Ne pouvant rendre sa vaillante âme
Il dit : Je suis le père Bontemps
Et je suis vieux comme le temps.

*T*OUT un long jour, penchée à ma fenêtre, j'ai guetté les petites hirondelles. Venez m'apporter les beaux jours; venez me parler des beaux pays que vous avez traversés, heureuses voyageuses; ah!... que n'ai-je vos ailes!... que ne puis-je vous suivre en vos lointains voyages!...

Ainsi parlait une douce fillette, ange blond aux jolis yeux, et maman lui dit en riant: Une hirondelle ne fait pas le printemps. — Non, mais c'est elle qui l'amène. — Mais, non, folle enfant; les saisons suivent leur cours. Voici que les lilas fleurissent, voici que les pommiers sont en fleurs, et voici revenir les beaux jours. Alors, les hirondelles d'accourir à leurs anciens nids; dans les vieux murs; sur nos fenêtres; elles semblent garder la maison; elles nous portent bonheur; petits oiseaux mignons, accourez pour réjouir nos chers enfants!

*M*AÎTRE écureuil vous serre la main;
Voici de ce livre la fin;
Je ne souhaite qu'une chose;
C'est qu'il ne vous soit pas morose.

FIN.